별이 너를 사랑해

양광모 시인의 별·꽃 시집

별이 너를 사랑해

푸른길

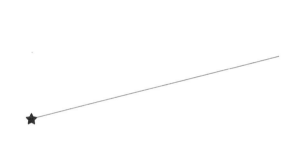

  신작을 기준으로 열다섯 번째, 선집을 포함하면 열여덟 번째 시집이다. 전업 시인을 선언한 지도 어느덧 십 년, 지금까지 시를 쓰며 걸어온 안개 속 여정의 칠흑 같은 밤하늘을 밝게 비춰 준 독자들, 그리고 팬클럽 회원들에게 감사의 마음을 전하고 싶어 별과 꽃을 모아 한 권의 시집으로 엮었다. 무엇보다 가장 신비롭고 찬란한 빛으로 시의 항로를 이끌어 준 북극성에게 이 시집의 영예를 바친다. 사람아, 별로 가진 것이 없어도 우리가 별로 살자.

차례

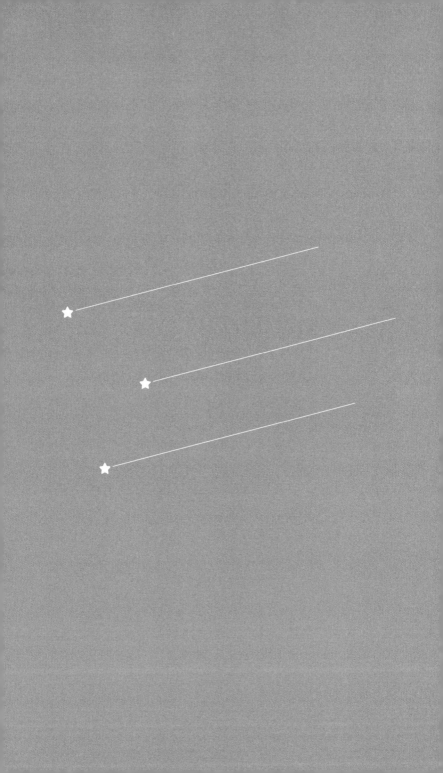

별로 살아야 한다

I

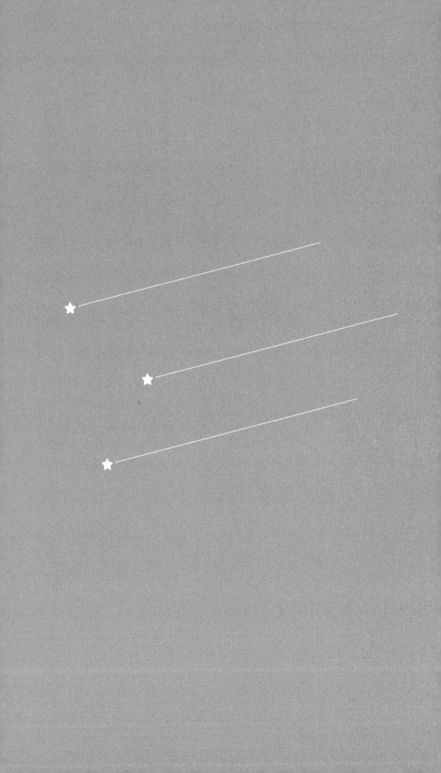

별로 살아야 한다

별로 아는 것이 많지 않아도
별로 가진 것이 많지 않아도
별로 웃을 일이 많지 않아도
별로 사는 사람들이 있다

별로 살아야 한다

별빛을 개어

빨래를 개어
옷장에 넣어두듯

마음을 개어
고요한 곳에 모셔두었다가

어둠을 만나면 어둠을 개고
슬픔을 만나면 슬픔을 갤 일이다

사람아,
생의 겨울이 와도
눈보라쯤은 거뜬히 이길 수 있도록

아침이면 햇살을 개고
밤이면 별빛을 개어
우리 가슴 한켠에 따듯이 모셔둘 일이다

어쩌면 우리 별인지도 몰라

어쩌면 우리 별이었는지도 몰라
밤하늘에서 별똥별 하나 떨어질 때
우리 이 세상으로 건너왔는지도 몰라

어쩌면 우리 별이 될지도 몰라
이 세상의 일 모두 마치는 날
우리 밤하늘 높이
별들의 고향으로 돌아갈지도 몰라

어쩌면 우리 별인지도 몰라
이제 막 태어난 어린 아기의 눈과
그 아기를 바라보는 어머니의 눈
사랑에 빠진 연인들의 눈을 보노라면
어쩌면 우리 이 세상 가장 아름다운 별인지도 몰라

별아

영혼에 먹구름이 짙게 깔리는 밤
가만히 눈을 감고 물어봅니다

별아,
아직 거기 고요히 빛나고 있지

삶에 지친 날에는

삶에 지친
날에는

어둠 속에
홀로 앉아 있지 말고

계단을 지나
이층으로 올라가라

거기 별이 보이리니
거기 세상이 낮아 보이리니

내 영혼이여

별 하나 낳고 있어요

생이 주는 상처와 고통으로
잠 못 이루는 밤

뜨거운 눈물이
뺨을 타고 흘러내리는 날

가슴이
찢어질 듯 아픈 날

심장이
터질 것만 같은 날

마음에게 살짝 일러줍니다
지금 예쁜 별 하나 낳고 있어요

나 죽어 별이 될 수 있을까

나 죽어 별이 될 수 있을까
차마 별에게는 묻지 못해

꽃에게
하늘에게
바람에게 묻네

너 살아 별이 되어야 해
차마 별이 내게 말하지는 못하고

햇살이
노을이
달빛이
별의 이야기를 귓가에 들려주네

안부

어떻게 지내냐고
아픈 곳은 없냐고
상처는 모두 아물었냐고

밤마다 별들이
안부를 묻는다

아직도 빛나고 싶냐고
아직도 빛나고 있냐고

별을 만든 이여

천 년 전 사라진 별이
천 년 후에도 수많은 영혼을 비춰준다

별을 만든 이여
내 삶도 그리 하소서

별바라기

이 세상 가장 맑은 눈물이
밤하늘로 올라가 저녁별이 된다

이 세상 가장 밝은 웃음이
밤하늘로 올라가 새벽별이 된다

사람아,
별바라기 사람아

이 세상 가장 거짓 없는 영혼이
밤하늘로 올라가 샛별이 된다

그대 가슴에 별 몇 개

꽃이 향기로운 건
밤마다 별을 바라보기 때문이지

나무가 하늘로 가지를 뻗는 건
별들의 이야기를 빠짐없이 듣고 싶어서지

비가 내리는 건
별들의 얼굴을 맑게 씻어주기 위해서지

새들이 하늘을 날아오르는 건
별들이 마실 물을 실어 나르기 위해서지

사람아,
내가 이런 시를 쓰는 건
그대 가슴에 별 몇 개 빛나게 하기 위해서지

서시

사백삼십 광년을 달려
이제 막 지구에 도착한 북극성처럼

나 전 생애를
별빛으로 날아가고 있나니

詩여,
너는 어드메 푸른 별이냐

별에도 꽃이 진다

별에도 바람이 분다
별에도 비가 내리고
별에도 눈이 쌓인다

별에도 꽃이 진다
별에도 단풍이 들고
별에도 낙엽이 진다

별나라라고 해서 어찌 별나라만이겠느냐
별에도 이별이 오고
별에도 별은 떨어진다

푸른별에 사는 이여
별에도 겨울은 찾아오지만
별은 겨울에 가장 맑게 빛난다

별 볼 일

슬픔이 없다면
기쁨은 얼마나
별 볼 일 없겠는가

눈물이 없다면 미소는
절망이 없다면 희망은
불행이 없다면 행복은
또 얼마나 별 볼 일 없겠는가

이별이 없다면
사랑조차 시시한 것
별이 없다면 밤은
또 얼마나 별 볼 일 없겠는가

북두칠성

생에 허기가 지는 밤
그리움에 젖어 하늘을 바라보면
이내 배가 불러오는
어머니 별

– 많이 먹고 힘내렴

어머니, 하늘 바닥까지 긁어
국자 가득 별을 퍼주신다

만약 별나라가 있다면

만약 별나라가 있다면
그곳에서는 이렇게 말했으리

사랑해는 사랑별
미안해는 미안별
감사해는 감사별
용서해는 용서별

아, 생각만 해도 정말 행복별!

별에게 빈다

다시 태어나도
이 별에 태어나게 해달라고

저 별이 아니라
이 별에게 빈다

고마웠노라
행복했노라
아름다웠노라

우주에서 가장 따뜻하고 아름다운
푸른별에게 빈다

별을 생각한다

나보다 더 눈부신 이들이 있어
세상에 내 모습이 드러나지 않을 때
별을 생각한다

폭우가 쏟아지고
눈보라가 몰아치는 날

슬픔과 회한의
깊은 어둠이 밀려오는 날

기다려도 기다려도
밤이 물러가지 않는 날
별을 생각한다

이윽고 새날이 오면 더욱 맑아질
내 영혼의 별을 생각한다

눈물이 날 때면 별을 봤다

눈물이 날 때면
별을 봤다

울어야 한다고
울어도 된다고

별이 되기 위해
눈물을 흘리는 거라고

더 많은 눈물로 닦아야
더 밝게 반짝이는 맑은 별이 된다고

눈물이 날 때면
별을 보며 웃었다

우리가 가난하여 마음에 슬픔이 밀려올 때

우리가 가난하여
마음에 어둠이 밀려올 때
그대와 나
어깨를 맞대고 앉아
밤하늘의 별을 바라보자

우리가 가난하여
마음에 슬픔이 밀려올 때
그대와 나
나란히 풀 위에 누워
별들의 이야기를 듣자

먼 과거로부터 날아오는
별들의 전설
오직 빛으로만 들려주는
별들의 잠언

별들아 어린 별들아
지금 이 순간을 힘껏 반짝여라
내가 한 번 반짝이는 동안
너희는 잠시 찰나를 머물다 떠날 뿐이란다

별빛에 씻다

어느 깊은 샘물에 씻기에
밤마다 그토록 해맑은 얼굴이냐

고맙다
그 빛에 흐린 마음을 씻는다

개밥바라기

저 별을 먹으리

삶이 개밥 같은 날
사람이 개밥에 도토리 같은 날

개가 밥그릇을 핥듯
아이가 별사탕을 녹이듯
천천히 조금씩
눈으로 마음으로

저 별을 모두 먹고
나 밤하늘에 가장 반짝이는 별이 되리

별을 본다

사는 일도 참 극성이다 싶은 날엔
별을 본다

길을 잃어버린 듯
암흑 속을 지나는 듯
사람과 사람 사이의 거리가
수백억 광년 떨어진 듯
어디서도 햇살 한 점 비치지 않아
마음에 가난이 찾아드는 날

저 별빛만 모아도
한부자인 걸 생각하며
폭설처럼 쏟아져 내리는
별빛을 향해 가슴을 활짝 연다

그대 가슴에 별이 있는가

그는 가슴에 별이 없는
사람이다

그는 가슴에 별이 없어
슬픈 사람이다

우연히 바라본 밤하늘에
별똥별 떨어질 때

두 손 가지런히
모아지지 않는다면

그는 밤하늘에 홀로 떠 있는
별과 같은 사람이다

그는 밤하늘을 홀로 떨어지고 있는
별똥별 같은 사람이다

가을이 와도 밤하늘을

바라보지 않는 사람아

그대 가슴에 별이 있는가

별에 당첨되다

목구멍에 풀칠하는 일을
염려하다가
자동차에 모셔 두곤 까맣게 잊어버린
지지난 주 로또가 머릿속에 떠올라
열두 시도 넘은 밤
아파트 주차장에 내려왔는데
무심코 바라본 하늘엔
로또 상금만큼보다 많은
별들이 떠 있었다

마음이 깊이 생각하기를
별이 로또로구나
꽃이 햇살이 바람이 노을이
로또로구나

이 엄동설한의 겨울밤에
저 먼 우주의 별을 바라보게 해준
나의 목구멍 풀칠에 대한 염려가
바로 로또로구나

아무래도 꿈같기는 하여
당첨액이 얼마나 되는지
새벽까지 몇 번이고 별을 세어보았다

별에게 가는 길을 찾아야 한다

Ⅱ

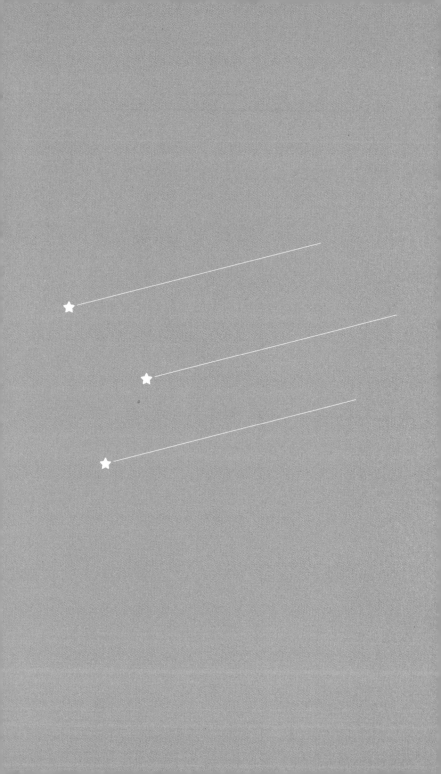

별 1

별에서 태어나
별에서 살다
별에서 죽는다

죽어서도 별이 되리라

별 2

꽃이라 불러주길 바라지 마라
그대 별인지도 모르니

만약 지금 어둠에 둘러싸여 있다면
그런데도 그대의 영혼 더욱 반짝인다면

별 3

별것도 아닌 일로
마음 상할 때

별의 것도 아닌
일이라 생각하며

별의 것에 속하는
일만 생각하며

눈을 들어
밤하늘의 별을 바라보며

별 4

별아, 어둠 속에서도
어떻게 늘 빛나는 거니

마음속으로 늘 생각한단다
별일 아니야 별일 아니야

별 5

미소가 환한 까닭일까
심장이 뜨거운 까닭일까

별 하나 다른 별보다 밝게 빛나네
어둠은 서로 같은데

별 6

묻으로 가는 길을
찾지 않기를

별에게 가는 길을
찾아야 한다

별 7

나를 바라보며
소원을 빌지는 마

어둠 속에서도
스스로 빛나는 사람이 되어야 해

꽃도 동굴 속에 갇혀 있다
혼자 피어나는 거란다

별 8

젊은 날에는
별 생각을 다 하며 살 것

나이 들거든
별 생각만 하며 살 것

별 9

신이여,

제게 왜 이런 벌을 주시나요

사람아,

내가 준 건

너를 별로 만들어 줄 어둠이란다

별 10

아주 멀리 떨어져 있어도
조금 희미하게 빛나도

반짝이는 한 희망이다
반짝이는 한 기쁨이다

행복

별을 따려 애쓰지 말 것

지금 지구라는
별에 살고 있다는 사실을 기억할 것

별이 빛나는 건

울지 마

별이 빛나는 건
눈물 때문이 아니라
미소 때문이야

하늘에서 떨어지는 날에도
별은 가장 긴 미소를 지으며
땅에 내려앉는단다

별똥별 1

별들이
똥을 싼다

사람들아
병들지 말고 쑥쑥 잘 자라거라

별똥별 2

어둠의 뺨을 타고
주루룩 흘러내리는

밤하늘의
눈물

소원이라니
손 뻗어 닦아주고만 싶네

때는 가을인 것을

별을 따는 법

허리를 굽히고
흙 한 줌을 쥐어봐

우주에서 가장 아름다운 별이
네 발 밑에 있다

별꼴

별꼴도 반쪽이다

사람꼴 흉보지 마라

별사탕

어떻게 만드나

아침마다 땅으로 내려와
꽃에서 꽃으로 날아다니며
부지런히 꿀을 모아
별사탕을 만들지

오늘부터 벌을 만나면
공손히 인사드릴 것

별님,
잠도 못 주무시고 수고가 많으세요

별 걱정

별 걱정을 다 하며 산다

내 영혼 별처럼 맑은지
때묻어 흐려지진 않았는지
어둠 속에서도 더욱 반짝이는지

그대에게 나
별 같은 사람인지

별 소리

별 소리를
다 들어보며 살았네

밤을 두려워하지 말아라
어둠 속에서도 더욱 반짝여라

별 소리를
다 하며 살고 싶네

어둠에 묻혀 보이지 않는 순간에도
늘 반짝여라

별자리

온갖 사람들이 청탁을 하지만
말썽을 일으킨 적은 한 번도 없는
이 세상 가장 높고 당당하고 청렴한 자리
그대도 한 자리 차지해 보겠는가

별 하나

별 하나 주머니 속에 넣어두고 산다

아픈 일 슬픈 일 차가운 일
어쩔 수 없이 마주치는 날엔
주머니 속으로 손을 뻗어
별 하나 슬며시 힘주어 만져보며 산다

별의 마음을 닮으려
별 하나 가슴에 품고 산다

별을 사랑하는 일

별을 사랑하는 일은
태양보다 눈부시지 않지만
별을 사랑하는 일은
촛불보다 뜨거운 기도

별을 사랑하는 일은
꽃보다 향기롭지 않지만
별을 사랑하는 일은
가슴에 등대 하나 밝히는 일

별은 사랑하는 일은
영혼을 맑게 꿈꾸는 일
인생의 거친 바다를
고요히 건너가는 일

불가사리

하늘에서 떨어진 별 하나
해변에 누워 걱정에 잠겨 있다

이곳엔 불가사의한 인간들이 산다는데
별 조각도 돈이 된다며 찾아다닌다는데

별을 쏟다

하늘님도 고생 좀 하시겠다
저렇게 많은 별을 쏟았으니
언제 다 주워담을까

이윽고 새벽이면 모두 주워담는데
밤이면 또다시 엎지르니

– 조금만 기다리세요 이제 곧 도와드릴게요

밤하늘을 바라보며
내 마음에 와르르 별을 쏟는다

별 표시

얼마나 중요하기에
저렇게 많은 별로 표시해 두었나

어둠에 묻혔다고
푸른 하늘이 사라지는 건 아니라는 문장!

별이 빛나고 있으리라

태양이 눈부신 날
하늘을 올려다본다
저기 별이 빛나고 있으리라

고통이 칠흑 같은 날
내 가슴속을 가만히 바라본다
거기 별이 빛나고 있으리라

그리운 것들이 별이 된다

이루지 못한 것들이 별이 된다
이루지 못한 꿈
이루지 못한 사랑
이루지 못한 약속

그리운 것들이 별이 된다
그리운 얼굴
그리운 이름
그리운 거리

태양의 시간이 지나
어둠이 깔리고 밤이 깊어가면
이루지 못해 그리운 것들이
별이 된다

별이 알려준 것들

모든 별이
스스로 빛나는 건 아니라는 것을

가장 빛난다고
가장 큰 별은 아니라는 것을

가장 멀다고
가장 차가운 건 아니라는 것을

아무리 빛을 내도
보이지 않는 순간이 있다는 것을

영원히 빛나는
별은 없다는 것을

떨어지는 순간에도
누군가의 소원이 될 수 있다는 것을

이미 사라졌어도
계속 빛날 수 있다는 것을

어둠 속에서도 함께 모이면
강물을 이룰 수 있다는 것을

새 별을 알아보다

이사갈 날이 다가오니
눈여겨 바라보는 날이 많아진다

태양은 조금 뜨거웠고
달은 조금 차가웠지만
그래도 아름다운 이웃이었다

다음 별에서는
또 어떤 이웃들을 만나게 될까

푸른별에서 살다 왔다 말하면
활짝 웃으며 반겨주길

보이지 않는 별이 더 많다

보이지 않는 별이 더 많다
보이지 않는 날이 더 많고
보이지 않는 시간이 더 많다

바라보지 않는 사람이 더 많고
스쳐 지나가는 눈길이 더 많고
알아보지 못하는 눈빛이 더 많다

그래도 반짝인다
그래서 멈추지 않고 더 힘껏 반짝인다

별은 어디서 오는가

그대가 꽃잎에 입맞출 때
별 하나 태어난다

그대가 시든 나무에 물을 줄 때
그대가 넘어진 어린아이를 일으켜 세워줄 때
그대가 길에서 만난 사람의 짐을 나눠 들 때
별 하나 태어난다

사랑하는 사람을 위해
그대가 두 손 모아 기도할 때
깊은 상처를 준 사람에게
그대가 용서의 손길을 내밀 때

은하수 한 줄기
먼 밤하늘에 새로 흘러가기 시작한다

별의 나라로 갑시다

작열하던 태양이 저물어
붉은 노을 서서히 내려앉거든
별의 나라로 갑시다

밀물처럼 애수가 밀려드는데
마음 밝힐 촛불 하나 없거든
별의 나라로 갑시다

때 묻은 흰옷처럼
반짝이던 사랑이 빛을 잃을 때
초라한 슬픔이
먹구름처럼 마음을 뒤덮을 때
별의 나라로 갑시다

희망의 불씨 하나
가슴에 품고
저 높고 먼 하늘에
등댓불 하나 불밝히러
별의 나라로 갑시다

Ⅲ

당신은 나의 새꽃별

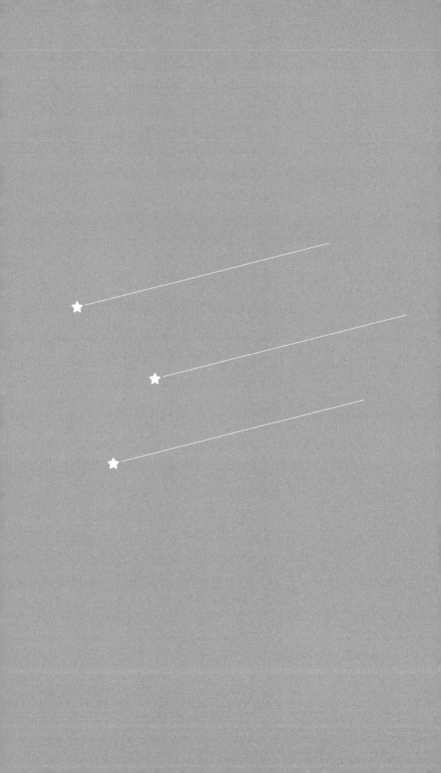

별이 너를 사랑해

너를 사랑하기에는
나의 사랑이 너무 작기에

하늘이 너를 사랑해
바다가 너를 사랑해
별이 너를 사랑해

사랑한다는 말로는
나의 사랑을 말해줄 수 없기에

꽃이 너를 사랑해
눈이 너를 사랑해
밤하늘의 모든 별들이 너를 사랑해

새꽃별

새꽃별,
새로 핀 꽃처럼 아름다운 별

꽃별새,
꽃의 향기와 별의 눈망울을 지닌 새

당신과 나의 가슴에만 있는 말
당신과 나의 사랑에만 있는 말

당신은 나의 새꽃별
당신은 나의 꽃별새

사랑

낮이면 하얗게 잊어버리고
밤에도 바라보지 않는 날 많지만

아스라이 먼 곳에서도
언제나 나를 향해 반짝이는 별처럼

사랑자리

별과 별이 만나
별자리를 만듭니다

당신과 내가 만나
사랑자리를 만듭니다

전설은
하나

어둠 속에서도 빛을 잃지 않고
밤새도록 더욱 찬란하게 반짝이던
별 둘이 있었습니다

나 죽어 별 하나 새로 뜨면

나 죽어 별 하나 새로 뜨면
그대 그리워 그리되었겠지

그대 죽어 별 하나 새로 뜨면
나 그리워 그대 별이 되었을까

우리 죽어 별 둘 새로 뜨면
함께 사랑한 푸른별 그리워 그리되었겠지

나는 별지기

어둠 속에서도
너를 지켜줄게

이 세상 가장 영롱하고
이 세상 가장 반짝이는 사람아

너는 나의 별
나는 너의 별지기

별을 따다

밤하늘의 별을 따다
내 가슴에 붙여야겠어요

참 잘 했다고
당신을 만나 사랑한 일

밤 하늘의 별을 모두 따다
당신 가슴에 붙여줄게요

참 아름답다고
이 세상 가장 눈부시다고

별에서 만난 그대

푸른별에서 만난
사람아

그대를
언제까지 사랑하겠냐고?

이 별과
이별할 때까지!

아내

어제는 별을 따다
안겨주고 싶던 사람

오늘은 내 인생에
북극성이 되었네

그 눈 속에 빛나는
별 다 못 헤아리니

내일은 내 가슴속
은하수 되어 흐르리

그대가 내 생에 있어

세상은 가난한 것인가 싶을 때
영혼 두둑하게 만들어주고

세상은 얼음꽃인가 싶을 때
가슴에 불꽃 피워주고

세상은 혼자 건너는 강인가 싶을 때
배 한 척 저어 다가오는 이여

그대가 내 생에 있어
세상은 아침마다 태양을 솟아 올리는가

그대가 내 안에 있어
세상은 밤마다 별들을 하늘에 흩뿌리는가

샛별같이 빛나라

가장 밝은 곳을 바라볼 수 있는 곳은 가장 어두운 곳
네가 떠난 후 나의 가슴엔 별이 가득하다
사막의 밤이 그러하듯이

그 별빛 네게로 보내나니
사랑이란 밤하늘에 떠 있는 수만 개의 별이 아니라
한 사람의 발아래서 그의 몸을 묵묵히 받쳐주는
단 하나의 별이라 믿는 까닭이다

그리운 이여
만 리 밖에 떨어져 있어도 좋으니
어둠 속에서도 샛별같이 빛나라

너를 사랑하면 별이 떴다

너를 생각하면
촛불이 켜졌다

너를 그리워하면
꽃이 피고

너를 사랑하면
별이 떴다

그 별을 바라보며
오늘도 너를 향해 강물이 흘렀다

천 년의 별빛

너의 사랑은
해가 뜨지 않는 날에도 찾아오는 아침이요
나의 사랑은
달이 뜨지 않는 날에도 찾아오는 밤이다

너의 사랑은
비 오는 날에도 피어나는 꽃이요
나의 사랑은
눈 내리는 날에도 흘러가는 강물이다

너의 사랑은
수평선 너머 수평선
나의 사랑은
지평선 너머 지평선

영원한 사랑은 없다, 라는 말은

그릇된 것이네

너의 사랑은

어둠 속에서도 떠오르는 달이요

나의 사랑은

달조차 없는 밤에도 천 년을 달려가는 별빛이다

꽃과 별, 바람의 말

그대여,
당신을 향한 나의 사랑이
진실한 사랑인지 알고 싶다면
나의 입이 아니라
나의 눈이 하는 말에
귀 기울여 주세요

그대여,
나를 향한 당신의 사랑이
진정한 사랑인지 알고 싶다면
당신의 머리가 아니라
당신의 심장이 하는 말에
귀 기울여 주세요

그리고 또 귀 기울여 주세요
당신과 나의 사랑이
영원한 사랑인지 알고 싶다면
어리석은 사람들의 한탄이 아니라
꽃과 별, 바람의 말에

그들은 이렇게 말하고 있답니다
바람은 보이지 않으나 존재하고
꽃은 피었다 지지만 다시 피어나고
별은 어둠 속에서도 빛을 잃지 않는다고

꽃이여, 별이여

시간의 행로를 함께 걷다 보면
사람과 사람도 서로 닮는데

꽃이여
얼마나 더 오랜 눈빛으로 바라보아야
내가 너를 닮겠느냐

별이여
얼마나 더 많은 침묵을 주고받아야
내가 너를 닮겠느냐

이 생이 닳아 없어지기 전에
끝끝내 닮아야 할 것 있으니

사랑이여
얼마나 더 맑은 눈물을 흘리고 나서야
내가 너의 마음을 닮겠느냐

오늘은 사람들이 참 반짝이는구나

큰 욕심일까 작은 욕심일까

가끔은 하늘이 땅을 내려 보며

이렇게 말하는 삶 살고 싶네

오늘은 사람들이 참 맑고 깨끗하구나

큰 바램일까 작은 바램일까

가끔은 바다가 뭍을 바라보며

이렇게 말하는 삶 살고 싶네

오늘은 사람들이 참 푸르고 잔잔하구나

때로는 눈과 비 쏟아지고

때로는 거친 파도 몰아치겠지만

그 후에는 더욱 더 맑고 푸르게

큰 소망일까 작은 소망일까

가끔은 별들이 땅을 내려 보며

이렇게 말하는 삶 살고 싶네

오늘은 사람들이 참 반짝이는구나

푸른별 주막에 앉아

인사동 안국역 6번 출구

푸른별 주막에 홀로 앉아

벽면에 자리 잡은

천상병 시인과 권주하는데

주모 다가와

막걸리 한 주전자 더 마실 요량이느냐 묻네

맑은 하늘에 무슨 횡재인가

골든벨을 울렸다는

옆자리 선남선녀 바라보는데

20대 초반의 한 여성

봉긋한 가슴 위에

또렷이 적혀 있는 세 글자

필유용必有用

놀란 가슴 진정시키며

저것이 무엇이냐

두 손으로 머리 감싸고 쥐어짤 적에

문득 떠오르는 문장 있으니

하나는 天生我材 必有用(천생아재 필유용)이요

둘은 學必有用 無用則止(학필유용 무용즉지)라

그 아가씨, 가려져 있는

오른쪽 가슴을 살짝 들춰

어떤 글자를 숨겨놓았는지 알고 싶은 생각에

불같이 목은 타들어가고

공술이라 좋을시고 연거푸 술잔 비우며

봄날 저녁의 가난한 소풍을 즐기는데

아무래도 의심스러운 것은

도대체 나는 어떤 필유용必有用이냐

하늘이 낳았는데 땅은 쓰지를 않고

남기고 싶은 글자 많건만

세상에 적어놓을 땅 없더라

하여도 나는

푸른별 주막에 밤새 앉아

술잔 위에 떨어지는 별똥별을

모두 주워

내 붉은 이마에

필유성必有成 세 글자 아로새기리

귀천의 날 밝아올 때까지

아들아, 너는 별이 되어라

아들아, 이제 가슴을 펴라

나도 포기하고 싶을 때가 많았단다

몇 번인가는 도전을 멈춘 적도 있었지

안개 속에 갇혀 있는 것만 같은 때도 있었고

암흑 속에 홀로 버려진 듯한 때도 있었단다

훌쩍 세상을 등지고 싶을 때도 있었고

내일 아침 해가 떠오르지 않기를 바라며

잠자리에 몸을 누이던 밤도 있었지

그리고도 많은 일이 있었단다

오랜 시간 간절하게 품었던 꿈을 끝내 이루지 못한 일

자신 있게 도전했던 일에서 생각지도 못한 실패를 겪은 일

믿었던 사람에게서 깊은 상처를 받은 일

사랑했던 사람들을 먼저 떠나보낸 일

사랑했던 사람을 떠나온 일

때로는 가슴이 먹먹하고

때로는 심장이 터질 것 같은 많은 시간들을 살았지

아들아, 이제 어깨를 펴라

사람들은 인생을 사계절과 같다고 말하지만

어쩌면 인생이란 겨울과 같단다

아름답게 내리는 흰 눈을 바라보며 즐거움에

젖을 수 있는 시간이란 아주 짧은 법이지

인생이란 시간의 대부분은

찬 겨울바람에 몸을 떨며

겹겹이 쌓인 눈을 힘겹게 치우고

오래도록 눈길을 헤치며 걸어가야 하는 일이란다

아들아, 실망하지 말고 고개를 들어

세상을 둘러보아라

지금 어떤 사람은 어린아이들을 위해

눈사람을 만들고

어떤 사람은 정겨운 벗과의 추억을 위해

눈뭉치를 만들고

어떤 사람은 사랑하는 연인을 만나기 위해

행복한 표정에 잠겨 달려가지 않느냐

또 어떤 사람은 묵묵히 눈을 치우며

이름모를 누군가가 걸어갈 길을 만들고 있지 않느냐
산다는 것은 그런 것이다
시린 손으로도 눈 위에 '사랑해'라는 글자를
더욱 깊고 크게 쓰는 일
사랑하는 사람들을 위해
이른 새벽 눈 쌓인 길을 나서는 일
눈사람의 심장을 갖고서도
한겨울을 이겨내며
눈 사진을 찍듯이 온몸을 던져
자신이 살아온 흔적을 남기는 일이 인생이란다

아들아, 이제 밤하늘을 바라보아라
겨울의 별은 참으로 맑고 깨끗하지 않느냐
인생이란 그 별을 바라보며 살아가는 것이다
눈 쌓여 길 보이지 않아도
차가운 바람 불어와 몸 떨려도
오직 나의 별을 바라보며
오직 나의 기도를 지켜나가는 것이다
사람들은 인생의 목적을 스타가 되는 것이라 말하겠지만

아니다, 인생의 목적은 별이 되는 것이다
겨울바람에 스치어도 더욱 또렷이 반짝이며
어둠 속에서도 자신의 영혼을
고요히 비추는 별이 되는 것이다
살아가는 동안 가장 아름답고 고귀한 일은
영혼을 포기해서라도 꿈을 지키는 일이 아니라
꿈을 포기해서라도 영혼을 지키는 일이었느니

아들아, 너는 별이 되어라
천년의 세월을 살아도 지지 않을 별이 되어라
천년의 겨울을 살아도 눈보다 빛나는 별이 되어라

아희야 네가 꽃이다

IV

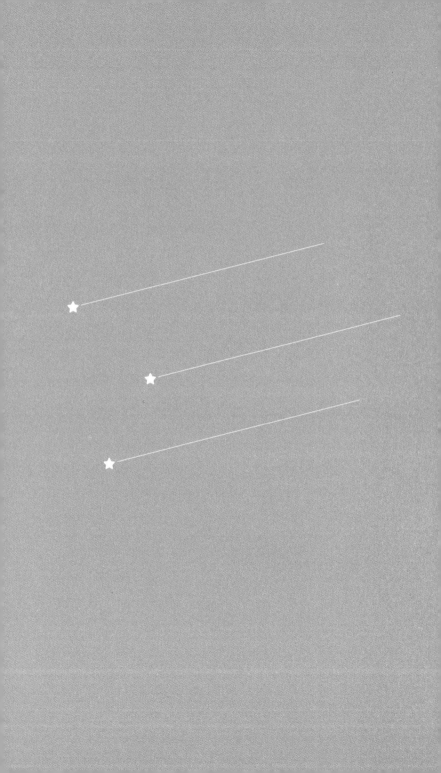

너의 꽃말

진달래는 불타는 사랑
벚꽃은 흩날리는 이별
목련은 순결한 그리움
작은 꽃 한 송이
너는 나의 운명

진달래처럼 사랑하다
벚꽃처럼 이별해도
목련처럼 그리워할
너의 꽃말은
나의 운명

동백

한 봄날이어도
지는 놈은 어느새 지고
피는 놈은 이제사 피는데
질 때는 한결같이 모가지째 뚝 떨어져

—이래 뵈도 내가 한때는 꽃이었노라

땅 위에 반듯이 누워 큰소리치며
사나흘쯤 더 뜨거운 숨을 몰아쉬다
붉은 글씨로 마지막 유언을 남긴다

—징하게 살다 가네

선운사

아무래도 헤어지기 어려운 여자와
선운사 대웅전 뒤켠으로 함께 가
이별은 동백꽃 모가지째 떨어지듯이 하잔께
말하였더니 그 여자 눈물만 송이송이 떨어뜨리며
이제 막 땅에 떨어진 동백꽃 하나 주워들더니
참, 징하요, 말하는 것이더라

동백에게 죄를 묻다

동백꽃 피었다 질 제
선운사에 발길 닿았네
바람은 천 년
부처님 미소는 일만 년
나그네 찻잔 들었다 놓아도
영겁의 시간 흐르건만
동백꽃, 불타던 가슴아
봄 한 철이 어인 덧없음이냐
사랑이 수이 짐이
네 탓이라 말하리

선암사

선암사에 가보면 안다
겨울을 지나온 매화는
밤에도 향기를 멈추지 않는다는 것을
선암사에서는 매화가 가장 불심이 깊다

선암사에 가거든 물어보아라
이별을 지나온 사랑은
어떤 향기를 드높이 피워야 하는가
선암사에서는 겨울을 지나온 사랑이 가장 그리움이 깊다

선암사에 매화 피거든
매화길 담벼락에 기대어 서서
백매화 홍매화 수런거리는 소리에 귀 기울여 보아라
선암사에서는 겨울을 지나온 목숨이 가장 사랑이 깊다

민들레

어딘들 못 살랴
질기고 쓴 것이 목숨이더라

짓밟히고 짓밟혀도
흙에 바짝 몸 붙이고
꽃대 높이 하늘로 치켜세워
마침내 노란 희망 담담히 피워낸다

은빛 우주 한 채 지었다가
그마저도 바람 불면 허물어버리고
다시 뿌리내릴 새 땅 찾아 날아가니

어딘들 못 가랴
버리고 비우면 날개더라

진달래꽃

사랑의 얼굴은
천 가지 꽃이나

사랑의 심장은
진달래꽃뿐이네

연붉어라 연연붉어라
사랑의 맹세는 진달래꽃뿐이네

목련꽃 피거든

순백의 웨딩드레스

곱게 차려 입은 봄의 신부

한 잎 한 잎 옷을 벗어

백의의 침대 만드네

뉘라서 저 장미꽃보다 붉은 사랑

뿌리칠 수 있을까

오늘도 목련꽃 아래 서성이며

베르테르는 로테를 기다리네

사랑이여! 사랑이여!

목련꽃 피거든 모두 다 이루어지거라

목련

봄바람에 벚꽃 한바탕 떨어진 다음 날
뒤늦게 피어난 목련이 얼마나 예쁘던지
슬며시 다가가 말해주었다
너는 꼭 내 첫사랑의 희고 봉긋한 가슴을 닮았구나
목련이야 무슨 대꾸를 했으랴마는
어쩐지 조금 더 꽃망울이 부풀어 오른 듯도 하였다

아카시아

어디에 있느냐 여인아
저기 너를 닮은 꽃이 핀다

세상의 모든 사랑은 허기지나니
어서 한입 가득 베어 물라며

5월의 포도 같은 꽃이
저기 돌아오며 흰 손을 흔든다

해당화

해어화 아름답다 말하지 마라
낙산사 홍련암에 가면 알게 되리니
해당화는 부처님 말씀도 알아듣는다네
목탁소리 울릴 때마다 더더욱 붉어지는 얼굴

이팝나무

어머니, 밥은 잘 드시는지요
그곳의 식사 물리시거든
잠시라도 한 번만 다녀가 주세요
한솥 가득 흰쌀밥 지었는데
식기 전에 먹어라,
말해주시던 그 목소리 들리질 않아
올해도 이팝나무 아래 허기가 집니다
아무래도 저 꽃잎이 당신 얼굴만 같아
올해도 이팝나무 아래 그리움이 핍니다

6월 장미에게 묻는다

다시 사랑에
빠질 수 있을까

붉은 열망과
푸른 상처를
만지작만지작거리며
6월 장미에게 묻는다

누군가를 다시
사랑할 수 있겠니

누군가를 다시
그리워할 수 있겠니

누군가의 가시에 콕 찔려
다시 소스라치게 놀랄 수 있겠니

장미꽃을 건네는 법

죽을 만큼 사랑하는
사람에게 바치는
장미꽃이라 해도
가시를 모두 떼어내고
꽃만 건네줄 수는 없다는 것쯤

그러므로 사랑하는 사람에게
장미꽃을 건넬 때는
가시에 찔리지 않도록
잘 감싸서 주어야 한다는 것쯤

영원한 사랑을
맹세하며 바치는
장미꽃이라 해도
언젠가는 그 꽃과 향기
시들기 마련이라는 것쯤

그러므로 사랑하는 사람에게
장미꽃을 건넬 때는

그 꽃과 향기 사라지기 전에
흠뻑 사랑에 취해야 한다는 것쯤

불처럼 사랑하는
사람에게 바치는
장미꽃이라 해도
붉은 장미와 흰 장미를
반씩 섞어야 한다는 것쯤

그러므로 그 사랑
뜨거운 열정만이 아니라
순백의 순결로도
함께 불타오르기를
소망해야 한다는 것쯤

사랑하는 사람에게
장미꽃을 건네받을 때는
오직 한 가지, 그 뺨
장미꽃보다 붉어져야 한다는 것쯤

푸른 장미

이천 년 동안 신이 허락하지 않은 색
끝내 인간의 힘으로 피어났으니
내게 붉은 이별을 말하지 말라
나 푸른 사랑만을 이야기하려네
그대, 나의 푸른 장미여
너는 이룰 수 없는 사랑이라 말하지만
나는 포기할 수 없는 사랑이라 말한다

흑장미

그 꽃말
당신은 나의 것

흑장미 세 송이 들고
너에게로 간다

한 송이는 너를 위하여
나는 당신의 것

한 송이는 나를 위하여
당신은 나의 것

마지막 한 송이는 사랑을 위하여
사랑은 우리의 것

어느 먼 날 장미의 계절이 끝나
검붉은 이별 찾아온다 하여도

나는 당신의 것

당신은 나의 것

사랑은 우리의 것

장미의 이름으로

아침노을이 짙다고
흰 장미가 붉어지랴

저녁 어둠이 깊다고
붉은 장미가 검어지랴

비 오는 날에도
향기를 멈추지 않고

바람 부는 날에도
꽃망울을 터뜨리니

장미의 이름으로
맹세하리라

그대 가슴엔 흰 장미
나의 가슴엔 붉은 장미

존넨쉬름

장미의 일종
꽃말은 거절이라지

마음에 놀려주고 싶은 이 있거든
정성스레 한 다발을 보내볼까

'당신에게 존넨쉬름을 바칩니다'

그다지 꽃다운 일 아니라며
심각한 표정으로 말하신다면
당신에게도 한 송이

존넨쉬름

향기만으로 살 수 있나
웃음이 가장 아름다운 꽃인 걸

치자꽃

한없는 즐거움이란
꽃말을 지닌 꽃이 있다 치자

그 향기 맡으면
마음의 상처 아무는 꽃 있다 치자

그 꽃
생각만으로도 행복하다 치자

나의 여인
너를 닮았다 치자

분꽃

분꽃 피는 시간이면
어머니는 저녁을 지었지

보렴,
꽃도 수줍어한단다

염소똥 같은
꽃씨 모아 학교에 갔는데
그 많던 분꽃은 어디로 갔을까
생의 저녁은 수줍기만 하네

엄니 엄니 걱정말아요
숙제는 잊지 않았어요

이 세상 꽃씨 모아
저 세상으로 가져갈게요

차꽃

차는 몸을
맑게 하고

차꽃은 영혼을
맑게 하네

바람에 흩어지면
향기가 되고

바람에 속삭이면
시가 되네

상사화

그리운 님 생겨
장미꽃 한 묶음 보내었는데

상사화 한 송이
함께 되돌아왔네

한 몸으로 피어나도
이루지 못한 사랑

두 몸으로 태어나
어찌 이룰까

서러운 마음에
여름밤 홀로 지새니

사람들아, 상사화 피거들랑
사랑에 빠지지 마라

안개꽃

사랑이란
꽃 아니면 안개

맑고 깨끗한 사랑에도
회색 안개 짙게 깔리는 순간 찾아오리니

사랑하는 이여
그날에는 안개꽃
한 다발 안고 내게로 오라

그 꽃말 사랑의 성공이니
우리의 사랑 안개 속에서도
꽃처럼 피어나리라

접시꽃 사랑

들어도 들어도
또 듣고 싶은 게 사랑이란다

붉은 안테나
온몸에 층층이 세우고
숨소리조차 놓치지 않더니

사랑합니다, 원 없이 들었는가
꽃잎 돌돌 말아
꼭 오므려 닫은 후 떨어진다

지는 날까지
가슴에 담아두는 게 사랑이란다

지는 날에도
가슴에 품고 가는 게 사랑이란다

능소화

행복하게
잘 살고 있는 거지

어찌 저 꽃은 손나팔까지 불며
내 할 말을 지가 묻고 있는가

능소화 활짝 필 때
훌쩍 져버린 사랑 하나 있었다

능소화 훌쩍 질 때
활짝 피어나는 그리움 하나 있다

능소화 2

벽 하나 넘지 못하는 게
무슨 사랑이겠느냐

꽃 사다리 담장에 걸치고
애등바등 건너보려는데
아무래도 땅에는 닿지를 못해
몇 나절 님의 이름이나 애타게 불러보다
벼락처럼 붉은 꽃 떨어진다

순아,
저보다 더 슬픈 능소화가 내게는 있구나
일생을 멈추지 않고 치는 벼락이 내게는 있구나

해바라기

우리가 생의 어느 날에
몹시 비에 젖는다 해도
가슴에 해바라기 한 송이
노랗게 피우며 살 일이다

비 오는 날에도
힘껏 허공을 밀고 올라가는
해바라기의 꽃대를 기억하며
바람 부는 날에도
고개를 떨구지 않는
해바라기의 얼굴을 기억하며

우리가 생의 어느 날에
몹시 바람에 흔들린다 해도
가슴에 해바라기 한 송이
하늘 높이 피워두고 살 일이다

해바라기 사랑

밤마다 이별 찾아와도
내 사랑 외면하지 않았다
낮이면 얼굴 까맣게 타들어가도
내 사랑 웃음 잃지 않았다
사랑이란 누군가를 끝없이 바라보는 것
네가 떠난 자리에
해바라기 한 송이 새로 피었다
여름밤은 길지 않으리

백일홍

이별의
꽃이란다

떠나간 사람 그리워
100일 동안 부르는
붉은 연가란다

그대와 헤어지던 날
백일홍 열 송이
건네주었다

천 일 지난 후에도
돌아오지 않는다면

그대 찾아가
백일홍 백 송이
다시 건네리

백일홍에게 이별을 배우다

꽃으로만
이별하지는 않겠다
해바라기만큼이나 웃자란 그리움
여름내 꽃대 힘껏 밀어 올려
어디쯤에 있을까
상기한 얼굴 허공 높이 두리번거린다
이별도 온몸으로 하는 거다
이별이야말로 온몸으로 하는 거다

국화

네 앞에서는
꼭 걸음을 멈추게 된다

가을처럼 다시 돌아올
그리운 얼굴 하나 떠올라

햇살처럼 다시 비칠
눈부신 이름 하나 떠올라

네 앞에서는
꼭 눈을 감게 된다

내가 사랑하는 여자도
늘 그리하였느니

네 앞에서는
꼭 입을 맞추게 된다

들국화

나는 들국화를 닮은
한 여인을 안다

식물도감에도 이름이 없는 꽃
쑥부쟁이, 벌개미취, 금불초, 감국, 산국, 해국으로 불리는 꽃
그리움, 청초, 순수한 사랑, 너를 잊지 않으리라는 꽃말을 지
닌 꽃
사랑을 위해 사랑을 떠나보낸 한 여인이 죽어 피어난 꽃

나는 그 꽃이 죽어 다시
사람으로 태어난 한 여인을 안다

여인아, 청초한 여인아
이제 네게 그 꽃을 바치려니
다시는 사랑을 위해서도 사랑을 보내지 말자
죽어서도 다시 들국화로 피어날 여인아

코스모스를 보고 웃네

길가에 피어 있는
코스모스에서
당신 얼굴을 발견하곤
나도 모르게 반가워
활짝 웃었습니다

우주에
가을만 있으면 좋겠습니다

코스모스

이상하다!

국화보다 코스모스가
단풍보다 코스모스가
눈길과 마음 사로잡는다면
무엇보다 어여쁘다 느껴진다면

그는 코스모스 같은 여자를
사랑하고 있는 것이다
그는 코스모스 같은 여자를
사랑하고 싶은 것이다

그럴 리 없다면
코스모스 같은 여자, 그를 사랑하고 있는 것이다
한때 그가 사랑했던 여자, 이제는 코스모스로 피어 있는 것
이다

아! 아무래도 그럴 리 없다면
코스모스가 저처럼 바람에 흔들리고 있을 이유란
도대체 무엇이란 말인가

운주사

운주사 불사바위에 앉아
낮은 곳을 바라보면
세상의 모든 것을 버릴 수 있겠는데
오직 그대만은 버릴 수 없어
꽃무릇보다 붉어진 마음을 안고
독경 소리처럼 나는 울었다
그대여, 언제고 운주사에 오시거든
아는 척 꽃무릇에게도 눈길 한번 주고 가시라

꽃기린

얼마나 큰 고난이기에
예수의 면류관
온몸에 썼느냐

작고 어여쁜 꽃도
사실은 잎盤이었더라

긴 목마저 가시로 뒤덮였으나
땅에 발을 딛고 살아가는 건
언제나 뿌리의 힘

얼마나 높은 꿈이기에
가시 십자가 위에
연붉은 꽃 피워내느냐

마가목 사랑

늦가을
마가목

붉은 장미
천 송이

꽃 진들
잎 진들

게으름
모르는 마음

흰눈 오면 알게 되리니
누가 겨울까지 사랑했는지

*마가목 : '게으름 모르는 마음'을 꽃말로 지니고 있다

꽃화분 등에 지고

삶이 짐짝 같은 거라고는
짐작도 못 했는데
그 짐짝 속에서도
어여쁜 꽃 피어난다는 걸
진작에 알았더라면
짐짝 조금 무겁다기로
징징 투덜대지는 않았으리
꽃화분 등에 지고
꽃바구니 어깨에 이고
가자 생이여,
가난한 세상에 꽃 나르러

그대 아시는지

꽃을 아름답게 피우는 건
햇볕이지만

꽃을 향기롭게 피우는 건
별빛인 것을

꽃처럼 산다는 거
열매를 맺으려
일생을 애쓰는 일임을

그대 이미
꽃처럼 살고 있음을

아희야 네가 꽃이다

아희야
오늘은 인생을 이야기하자꾸나

삶은 고해라 말하지만
가시밭길을 거쳐야만
꽃밭으로 갈 수 있는 길은 아니야
오히려 꽃길을 거쳐서
꽃밭으로 가야 하는 길이지

그러니 언제든 꽃같이 살아라
참을 수 없는 슬픔이 찾아오면
차라리 뜨거운 눈물로 비워내고
그보다 더 견디기 힘든 아픔이 찾아오면
샘물같이 솟아 올려 사랑의 힘으로 이겨내렴

잊지 말아라 아희야
행복과 불행은 한 가지,
자신을 얼마큼 사랑하느냐에
달려 있단다

사람들이 말하지 않더냐
누구나 사랑받기 위해 태어났고
누구나 사랑받을 가치 있는 존재라고

아희야
네가 네 자신을 사랑하는 것이
인생의 꽃이란다
네가 네 자신의 삶을 사랑하는 것이
인생의 꽃길이란다
슬픔과 아픔이야
내일도 다시 찾아오겠지만
네가 걸어온 길
네가 걸어가야 할 길을 사랑하며
언제나 꽃다운 미소 지으렴

아희야 잊지 말아라
네가 꽃이다
네가 세상에서
가장 활짝 피어나야 할
한 떨기 어여쁜 꽃이다

별이 너를 사랑해

초판 1쇄 발행 2022년 2월 14일

지은이 양광모
펴낸이 김선기
펴낸곳 (주)푸른길
출판등록 1996년 4월 12일 제16-1292호
주소 (08377) 서울시 구로구 디지털로 33길 48 대륭포스트타워 7차 1008호
전화 02-523-2907, 6942-9570~2
팩스 02-523-2951
이메일 purungilbook@naver.com
홈페이지 www.purungil.co.kr

ISBN 978-89-6291-948-6 03810